ÉPITRE

AUX

CLASSIQUES.

ÉPITRE

AUX

CLASSIQUES.

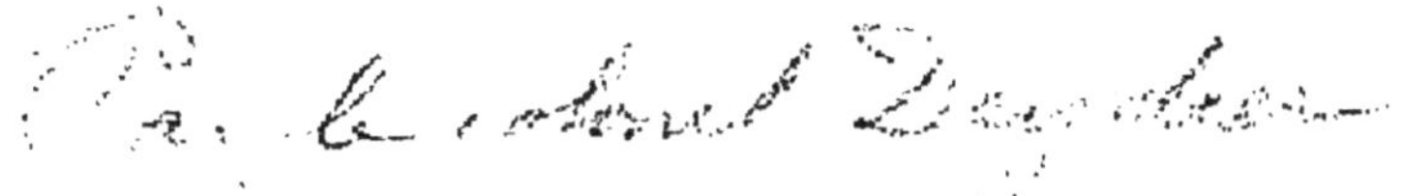

PARIS,

TRUCHY, BOULEVART DES ITALIENS, No 18.

IMPRIMERIE DE GOETSCHY RUE LOUIS-LE-GRAND, N. 27.

1829

ÉPITRE

AUX

CLASSIQUES.

D'ou naissent ces vives alarmes
Qui font soudain prendre les armes
Aux doctes enfans d'Apollon ?
Le Pinde craint-il pour la gloire

Des chastes filles de mémoire ?
Est-on dans le sacré vallon
Menacé de quelque tempête ;
Ou d'une perfide comète
A sinistre apparition ?
Pour se venger de sa défaite ,
De l'Olympe , enfin , Ixion
A-t-il achevé la conquête ?

Sur le sommet de l'Hélicon
Les mêmes fleurs ornent la tête
Et d'Ovide et d'Anacréon :
D'Homère j'aperçois l'image ,
Radieuse par l'assemblage

De l'Asphodèle (1) et du laurier.
Des Muses le divin coursier
Bondit d'orgueil sur la carrière
Agrandie encore par Molière.
Les Nymphes jouant au hasard
Près de Racine et de Bernard,
Exaltent les rares merveilles
Des deux Rousseau, des deux Corneilles.
La couronne des Cicéron
Et la palme des Démosthènes,

(1) Fleur *liliacée* qui naît entre les rochers, et dont les anciens honoraient les tombeaux : dans l'Iliade, Ulysse rencontre un champ rempli d'aspodèles.

Des d'Aguesseau parent le front.

Les Eschile qui, dans Athènes,
Firent un art de leurs essais,
Conservant leurs antiques traits,
Avec les Plaute, les Térence,
Assistent au banquet des Dieux.

Platon, Aristote, en ces lieux,
Sont protégés par la Science;
Linus, sans cesse, est auprès d'eux.

Rajeuni par sa longue vie,
Voltaire, enfin, sans ironie,
Sourit au sombre Crébillon,
Et Bossuet à Fénélon.

Quintilien avec Virgile,

Sénèque, Rollin, Massillon,
Precèdent La Harpe et Delille.
On reconnaît les deux Chénier
A l'ombre du même olivier.
Racan, Ronsard, Patru, Malherbe,
Cochin, Lemaitre, Malesherbe,
Unissent Linguet à Gerbier.
Le grand César, à l'œil superbe,
Quittant son appareil guerrier,
Près d'*Erato* vient s'oublier.
Tite-Live écoute Plutarque;
Tacite regarde Pétrarque,
Qu'Aristophane veut railler.
Le Dante, Arioste, Le Tasse,

Entourent l'éternelle place
Qu'ils préparèrent à Milton;
Et le même chêne entrelace
Labruyère, Regnard, Piron,
Rotrou, Ducis, Pascal, Buffon.
Demoustier chante avec Tibule:
D'Harleville est avec Mauri,
Et Fabre (1) avec Alfieri.
Boileau soutenant sa férule,
Ami d'Horace et de Longin,
Près de Juvénal, de Catule,
Professe encor cet art divin

(1) Fabre d'Églantine.

Auquel les Grâces applaudissent ;
Et les mêmes feux resplendissent
Des naïfs et sublimes traits
Des Lafontaine et Rabelais.

Dans cet éternel amalgame,
Où tout charme et tout se confond,
Rien n'altère une pure flamme :
Sur l'Olympe, un calme profond
Règne parmi l'illustre suite
Des mortels chéris d'Apollon ;
Et l'Immortalité répond
De n'accueillir dans son orbite
Que le fidèle néophite,

Le Poète éclairé, fécond,
Soumis à l'aimable raison,
Depuis que l'art l'a circonscrite
Dans les règles qu'avait prescrite
La Mélodie aux Amphion.

Messieurs de l'école classique,
Chassez donc la terreur panique
Qui naît à l'apparition
D'une peuplade Romantique,
Formée, hélas ! des rejetons
Et des *Pérault* et des *Pradons*.
Laissez non loin de l'Hippocrène,
Croasser de nouveaux Frérons :

L'abeille se mit-elle en peine
Du bourdonnement des frelons !
Tribu, Royaume, République,
Subirent les commotions
D'étranges révolutions ;
Et la muse *Aristocratique* (1)
Doit sourire aux réactions
De la muse *Démocratique* (1),
Réunissant les vieux débris
De la burlesque Poétique,
Chassée autrefois de Paris
Comme elle le fut de l'Attique,

(1) Langage de MM. les Romantiques entre eux.

Aux jours glorieux du Portique. (*a*)

Laissez s'agiter ces esprits
Qui, dans leur cerveau frénétique,
Titreront les plus beaux écrits
De *surannés*, d'*Oligarchique* (1),
« *L'ortografe de Tiraniqe*
» *Et dont les inovasionz*,
» *Du graméríin despotiqe*
» *Rève les réformasionz*;
» *Trace les épurasionz*
» *Dèz éqriture Aqadémiqe*. (1) »

(1) Nouveau système d'orthographe et de grammaire, développé dans l'*Appel aux Français*, petite brochure in-32, chez Corréard jeune.

Les Rois, même, dans leurs palais,
Grâce au romantisme français,
Par une heureuse politique,
Ecrivant comme leurs sujets
De *la halle ou de la boutique*,
Eprouveront les doux effets
De l'*égalité polémique*
Qui raffermira, désormais,
Leur *Principauté Monarchique*.

Tout dans l'homme, jusqu'aux excès,
Est une loi de sa nature.

L'esprit peut bien en ses accès,
Méconnaître une source pure ;
Mais la belle littérature

Ne se dégradera jamais.

Il se pourra qu'on ressuscite
Et qu'on nous montre de nouveau,
Les *Pelerins* et les *Ermites* (*b*),
Les *Tensons* et le *Fabliau* (*c*);
Que l'on imprime et représente
La Cour d'Amour (*d*) *avec Syrvente* (*e*),
Les *Trouvères* et leurs *Chanteurs*,
Leurs *Ménestrels* (*f*) et les *Jongleurs* (*g*);
Des *Devins la troupe savante* (*h*),
La *Rose* aux multiples couleurs (*i*),
La *Pastorale ravissante* (*j*),
Et tout le gothique fatras
Et des *Laïs* et des *Soulas* (*k*).

Même il se peut qu'on reproduise
Les *Sans Souci* (*l*), *Gente sotise* (*m*),
Les *Drames* de la passion (*n*),
La Joyeuse Institution (*o*),
Et qu'encore, ne vous déplaise,
On rétablisse parmi nous
La célèbre *Fête des Fous* (*p*),
Et la Cohorte Dijonnaise (*q*).

Bien loin de paraître surpris,
Comme autrefois, laissez Paris
Louer, claquer à toute outrance
Les *De Manef* (*r*), les *Dabundance* (*s*),
Les *doux Choquet* (*t*), les *Jean Petit* (*u*),
Le grand *Jodèle* (*v*) avec *Hardi* (*x*),

Auteurs, que la Gaule première,
A la Gaule romancière
Manda, pour se mettre en crédit,
Exhalter et porter aux nues
Les modernes *Franches Repues* (y),
Les pures imitations
Des sublimes créations,
Que vous avez tous reconnues.

Si, le cœur plein d'émotions,
L'esprit troublé, l'âme attendrie,
Au Théâtre chacun s'écrie :
« *O Romantique invention,*
» *Tu seras* Reine du Génie (1)! »

(1) Exclamation qui a retenti dans le foyer de la Comédie Française.

N'attaquez point la frénésie
D'une folle prédiction :
Pour avoir permis au caprice
D'ouvrir aux Romanciers la lice,
Funeste à leur ambition,
N'accusez pas d'être complice,
Paris, dont l'adroite malice,
Favorise l'immission
D'une nomade faction,
Pour en faire bien mieux justice.
  Surtout, loin d'évoquer Baron,
Lekain, Talma, Molé, Clairon,
Laissez l'auguste tragédie
Au pouvoir de nos *Tabarins* (z);

La grâcieuse comédie
Au masque de nos *Turlupins* (*aa*);
Et, s'il est même une Déesse
Qui s'oublie et qui se rabaisse
A singer la Divinité
De l'*Ambigu*, de la *Gaîté*;
Laissez à la gloire traîtresse,
Marquer, auprès de sa faiblesse,
La fin de sa célébrité.

Souvenez-vous que dans la Grèce,
Phébus eut *ses profanateurs*,
Et qu'un nuage romantique
Passa sur le berceau classique,
Alors que de *vains novateurs*,

Pour souiller la scène tragique,
Représentèrent les fureurs
De Vulcain CLOUANT *Prométhée*
Lui-même *à son sanglant rocher;*
Qu'Hippocriffe fut le Nocher
De l'onde par les vents heurtée,
Et que sur le beau front d'Io,
Junon de colère agitée,
ENFONÇA *le bois d'un chevreau (bb).*

Mais le bon goût, au sein d'Athènes,
Révolté des essais nouveaux
Qui transformeraient en bourreaux
Les Divinités sur la scène,
Rendit aux pleurs de Melpomène

Le simple masque et le bandeau.
De même aux rives de la Seine,
On verra s'enfuir sur les eaux
Tous les sanguinaires héros
Que le Romantisme ramène ;
Les tortures, les échafauds,
Et la race Plutonienne
Emportant ses hideux drapeaux.
Laissez une ardente jeunesse
Prendre le Styx pour le Permesse,
Et se livrer aveuglement
A ces désordres d'un moment.
Le taureau qui franchit l'arène,
Dans sa noble ardeur bouillonnant,

S'égare, emporté sur la plaine ;
Couvert de sueur, palpitant,
Son superbe et généreux flanc,
A l'aiguillon comme à la rène
Devient soumis, obéissant,
Et chacun de ses pas amène
Un bienfait toujours renaissant.
  Désormais, cessez d'être en peine :
Ces hommes, dont la France est vaine,
Contr'eux sachant se prémunir,
Viendront bientôt se réunir
A la charte *Cornélienne*.
  En liberté, laissez bondir
La secte Schakespirienne (*cc*),

Qui, désespérant de franchir
Les bords sacrés de l'Hippocrène,
Finira par se convertir
A la règle racinienne.

Aux jeux floraux ou sur la scène,
Lutèce chérira toujours
Les beaux vers, les nobles discours
Et l'harmonieuse éloquence
Qui bannit l'informe licence :
Les Grâces, avec les Amours,
Y conserveront leur décence,
Comme le goût sa pureté;
L'Hymen sa douce égalité;

La Vertu, la tendre Innocence,
Leur pudeur et leur dignité :
Jusques dans sa sévérité,
L'Histoire y deviendra sacrée,
Comme l'auguste Vérité
Sans cesse y sera vénérée :
Dans l'heureuse diversité,
Des mots, comme de la pensée,
On y suivra la liberté
De l'heureuse inégalité
Que la nature a consacrée ;
Et l'orthographe, préservée
D'une sèche uniformité,
N'y sera point dépossédée

De l'aimable variété,
Qu'une utile difficulté
A si sagement limitée.

Noble dans son urbanité,
Sans pouvoir même être imitée;
Grande dans sa simplicité,
Sans pouvoir être rabaissée;
Digne d'une célébrité
Qui ne saurait être éclipsée;
La Muse du peuple français,
Bien loin d'être dégénérée,
Par tous les peuples admirée,
Plus glorieuse que jamais,

Viendra d'un *Nimbe* académique
Couronner le monde classique
Fidèle à ses doctes décrets.

Ainsi l'avaient prédit nos pères,
Qu'un jour *Sévigné*, *Deshoulières*,
Sur les débris du vain cahos
De leurs systèmes littéraires,
Verraient couronner les travaux
De cette *classe néophite*
Par l'hôtel *Rambouillet* proscrite (*dd*);
Et peut-être que le berceau,
De quelqu'inimitable *Alcée*,
Est marqué tout près du tombeau
De nos romantiques *Orphée*.

Ici bas, tout naît pour finir :
Messieurs, cessons de discourir ;
Qu'aucun de nous, enfin, ne bouge :
Laissons s'ébattre et s'ébaudir
Belles lettres EN BONNET ROUGE.

LE CLASSIQUE NATIONAL.

Notes Historiques.

(*a*) Corneille, Racine, Boileau, Molière, établirent sur les débris du mauvais goût et du romantisme de l'époque, l'école classique (dès le commencement du 17ᵉ siècle) comme Eschile, (environ 540 ans avant Jésus-Christ) *Sophocle*, *Euripide*, *Aristophane* avaient fait proscrire à Athènes, le romantisme des *Tespis*, des *Susarion* et de tant d'autres auteurs grecs dont les noms ne se sont point conservés: les efforts des modernes, (au 17ᵉ siècle), ne furent pas plus heureux que ne l'avaient été ceux des anciens, pour corrompre la belle littérature que l'on voudrait dénaturer encore.

(*b*) Les *Pélerins* et les *Ermites*: au retour de la

terre sainte, ils établirent (au 13e siècle et pendant le 14e), les premiers spectacles en France ; leurs compositions étaient *chantées*, *récitées dans les rues, sur les places plubiques, aux halles, aux carrefours* : quoi de plus naturel !

(*c*) Les *Tensons* étaient (au 12e siècle) de petites et sentimentales questions publiques sur l'amour.... Fut-il rien de plus touchant !... Les *fabliaux* étaient de petites *histoires allégoriques* assaisonnées de *mascarades* rendues par *des dialogues burlesques*, en pleines *rues :* quelle ingénieuse création !

(*d*) La *Cour d'amour* était (sous Louis VII) un tribunal de censure et d'admission, où les femmes les plus spirituelles prononçaient sur les *Tensons*.

(N. B.) Cet aréopage qui servit de modèle à l'*hôtel Rambouillet* (N. XX) eut le même sort : quelle double perte ! Les *Sapho*, les *Corine* du jour la répareront sans doute.

(*e*) *Syrvente* : mélanges d'éloges et satyres, consacrés à chanter *des combats et des victoires* (au 12e siècle), macédoine de genre, dont il n'est resté que le *nom*. Avis à MM. les Romantiques.

(*f*) Les *Trouvères*, *leurs Chanteurs*, *leurs Ménestrels* : ils succédèrent aux pantomimes établies vers l'an 600, et disparues au 9e siècle : c'étaient les mêmes *Troubadours et leur suite*, venus originairement de Provence et puis de Picardie : Louis VII les honora de sa protection et les combla de présens, vers l'an 1144 : ils parcouraient le royaume en *récitant* et *chantant* des *romances*, des *complaintes:* ils composaient eux mêmes leurs *couplets*, leur *poésie* : ces prétendus Bardes se réfugièrent sur les théâtres élevés depuis aux genres divers : quel sera l'abri salutaire des Romantiques?

(g) *Les Jongleurs* : gens adroits, faiseurs de tours, connus et devenus célèbres au 13e *siècle* ; ceux du 19e, pour ne pas exercer publiquement, *ne leur cèdent en rien.*

(h) *Les Astronomes*, *les Devins* ; ils se mirent en grand crédit vers la fin du 14e siècle, surtout par leurs intrigues ; ils passèrent de chez les grands au palais des Rois ; on connaît leurs œuvres chez les uns et près des autres. Les Romantiques en les évoquant, veulent *utiliser* leur *phosphore* : ce que c'est que de nous !

(*i*) *La Rose aux multiples couleurs :* premier roman connu en 1255, par Guilh^e de *Lorris*, continué en 1306 par Jean de *Meun* ; *Moulinet*, chanoine de Valenciennes, le rhabilla *en prose* en 1480, et Clément Marot (*oubliant son élégant badinage*) en 1527, le rajeunit sans avoir pu l'éterniser ; s'il en advenait ainsi de tant de romans dont la France se laisse inonder depuis près de quarante ans, quelle couronne serait digne de ceindre le front de MM. les Romantiques ? demandez aux imprimeurs, éditeurs et libraires.

(*j*) *La Pastorale* : elle avait pour objet de peindre *les mœurs*, *les coutumes*, *les amours de l'habitant des campagnes au* 12e *siècle* : quel malheur que le *Libretto* de MM. les tronbadours associés (car les associations d'esprit et de goût datent de loin), ne soit pas l'héritage du 19e siècle ! Pleurez et fondez-vous en eau, zélateurs de la *nature pittoresque champêtre*, et sans *ennuyeuse parure !*

(*k*) *Laïs*, *Soulas :* Laïs était le genre gai et comique ; Soulas, le genre triste et sérieux, des *chansons*, *couplets*, *dialogues chantés ou récités* au 12e siècle.

(*l*) *Les Enfans sans souci :* compositeurs et joueurs de farces et momeries, dont les ouvrages et les représentations suivirent les mystères : leurs pièces étaient remplies de *pointes*, *d'équivoques indécentes*, *de jeux de mots grossiers ;* ils furent remplacés d'abord par des charlatans, (il y en eut hélas ! dans tous les temps), puis par des baladins, enfin, par des acteurs qui passèrent des *tréteaux* sur un *théâtre* élevé à l'hôtel de Bourgogne au commencement du 15e siècle. Ce fut le premier établissement de ce genre en France!... MM. les Romantiques, en reproduisant les œuvres des *Enfans sans souci*, voudraient-ils achever de ramener le théâtre du Palais-Royal à son origine première? *Cela n'allait pas déjà trop mal sans eux.*

(m) *Gente sotise: pièces* des *Enfans sans souci* (uk) qui représentaient les aventures les plus *plaisantes*, les plus *fortes*, les plus *scandaleuses qui avaient lieu dans la ville de Paris*.... Il paraît qu'on commence par le tableau *des lieux publics* et *des tavernes*. Neuf représentations chez Momus, du Tableau de Paris! Suspendues, elles recommenceront leur cours une seconde fois avec plus de vogue encore sans doute : Que dirons-nous alors qu'on nous fera descendre au cœur de la *nature domestique et sentimentale* de tant de liseuses de romans ?.....

Attendite et videte.

(n) *Drame de la passion* : espèce de poëme ; créé en 1312, et roulant sur toutes *les irrégularités* : l'écriture, la légende, y étaient aussi *scrupuleusement suivies* que l'histoire parmi les Romantiques. Ces drames pullulèrent : les représentations, en 1402, passèrent des *halles* dans l'une des *salles de l'hospice de la Trinité*... Les Romantiques ne doivent pas s'alarmer ; n'avons-nous pas *l'Hôtel-Dieu* et *la Maternité?*

(o) *Joyeuse institution* : La confrérie de la Passion adopta les *Enfans sans souci* : ensemble et réunis, ils prirent cette dénomination nouvelle : En 1548, Louis XIII défendit les représentations des *Mystères* ; ainsi le mélange du sacré, du profane, du tragique, du comique, des farces, des complaintes, remonte jusque vers 1400 ; genre qui s'est perpétué pendant *un siècle et demi*, sans que rien soit parvenu jusqu'à nous. Patience !... les Romantiques vont y pourvoir.

(*p*) *La Fête des Fous.* Elle remonte vers l'an 1198, où Eudes de Sully, évêque de Paris, parvint à la faire supprimer ; elle se reproduisit, et existait encore en 1444, malgré que les temps fussent plus éclairés : cette fête, qui paraît avoir amené les folies du carnaval chez nous, était un tissu de *momeries publiques* : elle commençait son cours le jour de la Circoncision dans toutes les églises : de là on se rendait dans les rues, où l'on promenait le *seigneur de la fête*, et souvent *l'évêque des fous* sur un charriot, en chantant, récitant *les poésies les plus outrées*, *les plus extravagantes*, *les dialogues les plus licencieux;* chacun des acteurs revêtu du costume le plus grotesque, le plus bizarre... Ne serait-il pas *bien original* et *bien naturel* de nous représenter ainsi l'*image coloriée* de *Charenton* et de la *Salpêtrière?* On en parle tout bas, tout bas, sur les plans romantiques d'une salle qui doit contenir 12 à 15,000 élus, et pour l'érection de laquelle le *cahier des charges est ouvert*. Encore une souscription peut-être!...

(*q*) *La Cohorte Dijonnaise* (*appelée infanterie*): Cette institution, supprimée en 1630, a subsisté plus de 400 ans: elle avait son siége à Dijon, et a compté parmi ses membres des *Ducs de Bour-*

gogne, des gouverneurs, des magistrats : c'était une imitation des scènes publiques de *Tespis* et *Susarion* à Athènes ; car, sur des charriots, des *acteurs*, *des auteurs*, *des poëtes*, *des princes*, *des grands* déguisés en *vignerons*, barbouillés de lie et promenés sur des charriots, récitaient *des vers*, *des dialogues*, *des satyres sur et contre les mœurs du temps*... On trouva ces imitations bien plus simples, et on méprisa *les beaux systèmes de l'école grecque*... MM. les Romantiques savent bien pourquoi on s'éloigne des trop hautes régions !

(*r*) *De Manef* (Joseph). L'un des auteurs des drames de la passion, où l'on riait et pleurait tout ensemble...

(*s*) *Dabundance*. Encore un poëte auteur des

drames de la passion, précurseur de nos féconds Romantiques.

(*t*) *Choquet* (Louis), poëte de la même famille, et que les Romantiques ont eu pour devancier.

(*u*) *Jean Petit*, auteur du même genre et de la même époque.

(*v*) *Jodèle* est le premier poëte-acteur qui ait composé des tragédies et comédies : il reste de lui une *Cléopâtre captive*, une *Didon sacrifiée* : en comédie, *Eugène*, *les Mascarades* et la *Revanche*. L'ignorance du siècle, l'enfance du théâtre firent tolérer toutes les incohérences de ses étranges et bizarres productions, composées *en* 10 *jours* ; car le mal *a* la plus malheureuse fécondité, témoins les *multiples éditions* de tel ou tel *Romantique*, qui n'ose s'avouer successeur de ce bon *Jodèle*!

(*x*) *Hardi* (Alexandre). Il fut le dernier qui couronna ces époques célèbres dans les fastes Romantiques et auquel succéda le grand Corneille; il avait, à l'exemple d'Eschile, tiré la comédie et la tragédie des *tréteaux*, des *rues*, des *carrefours* et des *hospices*: Ce mérite fut celui du temps : Hardi, en 15 jours faisait une pièce de théâtre, et on le vit s'engager avec une troupe de comédiens pour fournir *six tragédies* par an : on assure que nous aurons un déluge de *drames* qui feront pâlir les *Schiller*, les *Shakespear*, même les *Lopez de Vega*. Il reste de *Hardi* 5 volumes que les Romantiques consultent quelquefois à la *bibliothèque de l'Arsenal*, sous la protection des *conservateurs*. Rien ne fut plus *embarrassé*, plus *compliqué*, plus *lourd*, que ces compositions : Les *vers en étaient rudes*, *raboteux*; les *plans remplis de ces variétés de scènes qui faisaient passer* (comme aujourd'hui) de *Paris*, à *Naples*, à *Rome*, à *Constantinople*, à *Madrid*, à *Cracovie*, avec le même héros. Quel malheur que plus de vingt volumes de *Hardi* soient à nous arriver! que de richesses perdues pour les fidèles Romantiques! puissent-ils être généreux assez pour ne pas se croire obligés d'en dédommager la France!

(y) *Les Franches Repues:* Vilon, auteur contemporain de *Hardi*, avait substitué aux mystères un genre de production profane mélangé de toutes sortes d'*historiettes*, d'*allégories*, *fables*, *contes d'amour*, et de *facéties* : cet amalgame fut appelé *repues franches*.... Les *repues romantiques* ont puisé dans cette source le système de leur prose et de leurs vers, si *ingénieusement* signalés par M. N. L. dans une petite brochure qui se trouve au Palais-Royal chez Constant-Champie, éditeur, et à laquelle on recourra pour plus ample édification.

(z) *Tabarin*. Fameux farceur des Enfans sans-souci, de la Joyeuse Institution..... tragique comme on l'était alors. Nous en avons une image dans les *doubles* et *triples* de la Comédie Française, lorsqu'ils sont condamnés à jouer *Molière* et *Voltaire*, que le même soir leur abandonne.

(aa) *Turlupin*. Encore farceur célèbre des mêmes époques que le précédent. C'est ici le lieu de signaler la négligence avec laquelle on abandonne les chefs-d'œuvre dramatiques de la France, sacrifiés à la nullité des interprêtes de l'art : sur trente représentations, quelques-unes sont à peine honorées de la réunion des artistes distingués qui ne se groupent que trop rarement.

L'autorité ne devrait pas tolérer l'usage des *décors vieux, inexacts ;* l'apparition de *comparses sales et difformes ;* l'absence de *toute pompe*, de *toute solennité de spectacle ;* alors que, pour la moindre éphémère nouveauté, on déploie une vérité de costumes, un luxe, une richesse, qui devraient être *sans acception :* on a commencé par *Tartufe*, *le Malade imaginaire*, la plus heureuse épuration.... Pourquoi s'en tenir là ? Tout le monde y a gagné.... Qu'on poursuive, non-seulement pour les ouvrages qui depuis vingt-cinq ans conservent la réputation de tel acteur, de telle actrice ; mais pour un choix d'ouvrages *classiques* puisés dans les auteurs *anciens* et *modernes* des *premier, deuxième et troisième* ordres, que notre *génération n'a point vu représenter*; et par la mise en scène de *ceux abandonnés* depuis quelques années.

C'est en apportant le plus grand soin à chaque séance théâtrale, en mettant de côté toutes les prétentions d'amour-propre individuel; que *les deux muses françaises* retrouveront la noble dignité dont elles furent dépouillées; car il faut bien se permettre d'être *national* avant d'être *romantique*, et ne pas afficher pour *Praxitèles* un mépris dont *Canova* ne serait point flatté, ni s'efforcer de déconsidérer *David* pour *G....*, qui ne s'en illustrerait pas.

(*bb*) Cet essai, fait du temps d'Eschile, ne réussit pas : il fut le fruit de l'exagération du haut tragique confondue avec le merveilleux (1). On n'a lu nulle part que le ciseau de *Phidias* eût consacré *Vulcain* sous les traits de l'acteur *Polus* (2) ; mais le *burin* vient de reproduire un héros du 16e siècle, mutilant le bras de sa chaste épouse pour lui faire souscrire un *double déshonneur* et empreindre du *sceau conjugal l'assassinat le plus odieux*. Malheureusement que nul rejeton de ce guerrier ne peut demander aux lois de l'État la réparation due à la *publique flétrissure* d'un *nom qui n'existe plus*.

En pareil cas, le goût épuré d'Athènes, eût vengé par des sifflets, en *rétablissant l'histoire*,

(1) Voir le v. 6 du Voyage d'Anacharsis, ch. 59, où sont réunies les autorités qui témoignent sur ce point.

(2) Acteur d'Athènes.

l'outrage fait aux mânes d'un *brave* et aux cendres de sa *noble compagne*.

Deviendrait-on, à Paris, romantique sans s'en douter ?

(*cc*) Secte *Schakespearienne :* lorsque nos voisins d'outre-mer, attirés par la réputation européenne de nos chefs-d'œuvre, venaient *en foule* les admirer, ils étaient loin de se douter que nous deviendrions *imitateurs* zélés de leur système de compositions en ce genre, et qu'au lieu d'une douce et polie tolérance, l'exagération de nos Romantiques préconiserait l'exagération des drames anglais, au point de *vouloir* nous ranger sous les drapeaux de Schakespear, devenu pour eux l'*atlas* du monde dramatique.

Il serait tout aussi injuste de refuser à ce poëte, la part de gloire qu'il s'est acquise, que d'élever ses œuvres au rang des conceptions de *nos grands maîtres.*

Schakespear a composé ses poëmes sur l'ensemble des systèmes grecs à toutes les époques : il a mélangé et combiné tous les genres proscrits et conservés à Athènes, pour les réunir en un seul cadre : il a posé les bases *de son école sur l'étendue de toutes les diversités.*

Les fondateurs de notre école classique, au lieu de suivre le système général des Grecs, l'ont épuré en le divisant : ils ont établi ce principe *indestructible*, qu'un seul cercle dramatique ne devait point renfermer l'*universalité des genres :* ils ont pensé, avec une justesse de goût exquis, que chaque chose dans la nature ayant son caractère distinct, il fallait en tracer l'image *pure, simple, originale, vraie* et *distincte :* les *Rubens* et les *Raphaël* ont-ils placé des figures à la *Théniers* près de celles dont nous admirons les poses nobles et sévères?

Schakespear a voulu que la réunion des spectateurs de toutes les classes de la société anglaise se reconnut devant le même réflecteur.

Nos Classiques ont établi que chaque physionomie sociale aurait son point de reproduction unique, l'art ne devant être que *l'imitation de la nature*: en séparant les images devant rendre sa diversité, ils ont sagement proscrits de leurs œuvres ces amalgames romantiques qui, séduisant au premier aspect, doivent finir par se perdre dans le vide.

La *grande société anglaise* est obligée de *convenir* que la cause de son peu de goût pour le spectacle vient de ce qu'elle ne possède pas un *genre de composition à sa belle hauteur* : elle avoue que, pour aller chercher dans Schakespear les quelques *beaux points* qui s'y rencontrent sur sa ligne; elle est obligée de *détourner les yeux des difformités* qui la *choquent*, de suspendre *son attention* pour ne pas *ouïr* les obscénités qui blessent la délicatesse de ses mœurs ; et enfin la haute compagnie de Londres forme des vœux pour qu'une main anglaise édifie un système de drame régulier qui, faisant, *à notre imitation*, disparaître les genres *accumulés*, lui présente le miroir fidèle où elle puisse *se reconnaître* et aimer à *se retrouver* : tout porte à faire aussi présumer que le *peuple anglais*, les *classes centrales de la Grande-Bretagne*, ne seraient guères fâchés peut-être, d'avoir un genre qui leur fût absolument propre.

La secte Schakespearienne doit convenir (malgré sa passion pour les émotions fortes, qui sont aux arts ce que les liqueurs vitriolées sont au goût) que si *Talma*, par exemple, eût paru sur la scène avec *une tête de mort* en sa main, on l'eut infailliblement renvoyé du théâtre de sa gloire, près du *scapel de feu le docteur Gall;* et nous devons espérer, enfin, que si quelques prétendant à son héritage venait se présenter à nos regards sur un *cadavre ensanglanté*, *disséqué par toutes les horreurs d'une hideuse contemplation* (comme dans le *Virginius* anglais), on enverrait ce nouveau *Polus* à l'amphithéâtre du Jardin des Plantes, sans doute.

(*dd*) *Sévigné*, *Déshoulière*, *l'hôtel Rambouillet*: Tout le monde connaît le triomphe du genre classique sur le genre préconisé, par les romantiques de Rambouillet, proscrivant la *Phèdre* qui nous reste, pour celle que nous ne connaissons pas, excluant de la scène lutécienne, pour les réléguer à Saint-Cyr et autres couvents, *Athalie* avec *Esther*! conseillant à *Corneille* de ne jamais hazarder son *Polyeucte*; et par une adresse d'amour-propre remarquable, amenant l'illustre auteur du *Télémaque*, au point de lui faire attaquer *Racine*, n'ayant pu l'engager à défendre *Pradon*.

Chacun a lu la double prophétie de madame de Sévigné, écrivant que *Racine passerait comme le café*.

On est heureux de ne pas relire le dégoûtant *sonnet* de madame Deshoulières, sur la mort de la fille de *Minos*.

La raison, le bon goût, firent éclatante justice des *Trissotins*. des *Vadius*; et l'école classique put enrichir la littérature de tous les ouvrages qui nous demeurent.

De là, qu'il ne se rencontre pas un homme de génie pour offrir de hautes nouveautés classiques;

(Eh ! s'il en paraissait un, que deviendrait-il ?) Conclure, avec les Romantiques, *qu'on ne veut plus du noble et sublime genre* qui montre à tous les yeux les *mœurs* des hautes classes sociales, les *vices*, les *vertus*, les *habitudes* des grands, des hommes célèbres ; les *actions* des princes, des héros, la *vie entière* des rois ; c'est outrager un siècle *de lumières* qui, bien qu'occupé des choses vastes et profondes qui l'absorbent, ne laissera pas insulter l'impérissable gloire de la littérature nationale.

Sans doute que *quatre éléphans* de plus dans le cirque, y faisaient accourir tout le peuple romain; mais *César* allait avec sa cour protéger la *Médée* d'Ovide et les sommités de l'empire, conservèrent, par la puissance de l'exemple, le feu sacré de la haute latinité.

FIN.

www.ingramcontent.com/pod-product-compliance
Lightning Source LLC
LaVergne TN
LVHW050453160826
845677LV00003B/764

* 9 7 8 2 3 2 9 6 7 5 3 7 4 *